색연필

크레파스

파스텔

수채

아크릴

식은 믹스커피

———————— 만년필 ————————

———— 유성펜 (0.38mm) ————

———————— 네임펜 ————————

———— 로트링펜 (0.2mm) ————

———— 라이너펜 (0.3mm) ————

———— 볼펜 (0.7mm) ————

2B Mega Graphite

———— 샤프펜슬 (0.5 mm) ————

5B

8B

———— 보통 연필 (2B 연필) ————

흑연

목탄

붓펜

먹

마음은
파도치다

그림책 작가 유현미의
지구를 닮은 얼씨 드로잉 Earthy Drawing

목
차

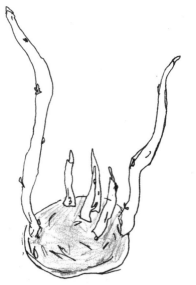

2.18. 우수 절기.
감자에 난 싹.
우주로 향해 뻗은 팔들!

우연한 드로잉. 어쩌다 보니 그림을 그리고 있다. 그림이 나에게 즐거운 놀이로 다가오지 않았다면 지금 이렇게 책의 서문을 쓴다고 골머리를 앓고 있지도 않았을 것이다.

그림을 그리는 일은 미술을 전공했거나 그림에 특별한 재능이 있는 사람들만의 것이라고 오랫동안 생각해 왔다. 그런 내가 직접 그림을 그리며 그림을 인생의 동무로 맞이하게 된 계기는 그냥 평범하다. 언니의 권유로 뒤늦게 미술치료 공부를 할 때 선생님이 매주 과제를 내주셨는데, 색깔에 대한 이해를 바탕으로 이런저런 미술 작업을 해가는 것이었다. 완성도에는 전혀 신경 쓰지 않아도 되는 과제여서 마음 내키는 대로 편하게 그림을 그렸다. 그게 그렇게 재미있을 줄이야.

이를테면, 밤색에 대한 숙제가 주어지면 동네 앞산 숲길에 떨어진 낙엽을 주위서 그리고, 평생 농사를 짓다 낯빛이 땅 색이 된 아버지 얼굴도 그려보고, 호미며 괭이 같은 농기

구들을 밤색 색연필로 그려 넣는 식이었다.

저마다 가져온 숙제들을 펼쳐 놓고 나누는 이야기들은 또 얼마나 다양하고 재미있던지. 그러니까 재미난 놀이로서 그림을 접하자 잘 그려야 한다는 편견으로부터 자유로워졌고 그 자유가 주는 힘은 굉장히 셌다. 그림 그리기에 주저함이 없고 자꾸만 더 그리고 싶어졌다.

일단 그림과 찌릿 하고 접선이 되자 마음에 드는 드로잉 수업을 찾아서 듣고, 무엇보다 일상에서 매일 그리는 훈련을 누가 시키지 않아도 하게 되었다. 기본기가 있어야 제대로, 즐겁게, 오래 그릴 수 있겠다는 생각에 미대 다니던 조카에게 과외비를 주고 깐깐한 미술 기초 수업을 자청해서 받았다. 이 녀석이 졸업 준비로 바빠진 뒤에는 학원에 등록해 벼르던 수채화를 꾸준히 그려 나갔다.

초반에 내가 즐겨 그렸던 그림 기법은 현장 드로잉 또는 즉흥 드로잉이라고 하는 것이다. 마음에 와 닿는 것은 무엇이든 그 자리에서 슥삭슥삭. 다음으로 미루지 않고 '지금 이 순간'을 눈앞에서 그려 내는 기쁨이라니. 작은 스케치북과 펜 하나만 있으면 언제 어디서나 그림을 그릴 수 있었다.

드로잉에 푹 빠졌을 때의 감정은 사랑할 때와 비슷하다. 마음이 동해서 그리니 자연스레 그 대상을 좋아하게 되고 관심도 깊어졌다. 내가 주로 이용하는 전철은 한동안 비밀

스러운 인물 드로잉 장소였다. 전철에서 만난 사람들을 표나지 않게 관찰하다가 마음이 동하면 그리기 시작한다. 그렇게 한 사람 한 사람 그리다 보면 생판 모르는 남인데도 이 지구별에서 고단한 삶을 함께 꾸려가는 소중한 동료로 느껴지고, 나와 똑같이 이 세상에 단 하나뿐인 귀한 존재로 다가온다. 이럴 수가 있구나. 그림이 열어준 신세계였다.

　사람만 그런 것이 아니다. 비 그친 뒤 물기를 털어내고 있는 버드나무, 애벌레한테 거의 다 뜯어 먹히고 잎맥만 간신히 남은 플라타너스 잎사귀, 산에서 만난 조금 무섭게 생긴 개, 어두운 밤 평화를 희구하는 음악 연주회가 열리는 노동당사 건물……. 그 순간 내 마음을 사로잡았던 것들이 모두 평등한 무게로 스케치북에 그려졌다.

　인간은 누구나 예술가로 태어난다는 말을 좋아한다. 이 것은 그냥 사실이다. 사람마다 편차는 있겠지만 누구나 예술적 기질과 특성을 가지고 태어난다. 그것은 특별한 재능이라기보다 인간의 본성에 가깝다. 모든 인간의 바탕에는 자기표현을 위한 예술적 디엔에이가 깔려 있다. 그것을 잠든 채 놔두지 말고 부지런히 깨워서 더불어 놀며 우리 삶을 기쁘게 하는 활동으로 승화시킬 수 있다면 얼마나 좋을까.

　아흔 살 춘하 씨와 그림놀이를 하며 예술의 신비롭고 놀라운 힘을 느낄 수 있었다. 춘하 씨는 우리 아버지인데, 딸이 심심풀이로 건넨 크레파스를 손에 쥐었다가 난데없이 수채화까지 그리게 되셨다. 내가 처음에 "그림 그리실래요?" 하고 여쭐 때만 해도 진짜로 그리겠다고 하실 줄은 몰랐다. 예술적 자아가 놀이를 통해 깨어날 때 그 기운은 주위에 강력한 자장을 만든다. 늙은 아버지의 손에서 툭 하고 한 점씩 태어나는 그림들을 접할 때마다 다 큰 자식들은 깜짝깜짝 놀랐다. 쪼그려 앉아 그림에 집중하는 처음 보는 아버지 모습에도 놀라고, 뭐라 콕 집어 설명할 수 없는 인간이란 존재의 어떤 경이로움에도 말문이 막혔다.

호호 할아버지인 춘하 씨가 비교적 쉽게 그림을 그린 것은 아마도 평생 농사 일기를 써 온 손힘 덕분이지 않을까 싶으면서도 그 핵심에는 놀이의 기쁨이 있음을 곁에서 매번 목격했다. 역시 인간은 잘 놀 때 반짝반짝 빛이 난다. 남녀노소 불문이다. 놀이를 통한 자기표현의 기쁨, 자유와 해방감, 참다운 인간성의 회복에 이르기까지 '노는 인간'의 정수를 아흔 살 춘하 씨가 온몸으로 보여 주셨다.

"당신에게 드로잉은?" 하고 누군가 나에게 묻는다면 맨 처음엔 아무것도 아니라고 대답하겠다. 그림은 특별한 활동이 아니고 누구나 그릴 수 있다는 뜻에서. 그 다음엔 모든 것이라고 답해야지. 그림과 죽이 잘 맞을 때 누리는 마음과 몸의 호사는 '모든 것'이라는 과장된 표현을 써도 괜찮을 정도니까.

세 번째 대답은 기록이다. 드로잉은 사물이든 사람이든 다른 무엇이든, 내가 만나는 세계를 기록하는 방식이다. 진부한 대답일 수 있지만 사실이다. 다만 내 그림은 그 누구도 아닌 나를 통과한 기록이라는 것. 사람과 사람 사이뿐 아니라 모든 살아 있는 존재들 사이에는 이야기꽃이 핀다. 나의 드로잉은 그 이야기를 나만의 방식으로 받아 적는, 또 하나의 언어라고 생각한다.

이 책에는 우연히 드로잉을 시작해서 그림책 작가로 활동하는 지금에 이르기까지, 십여 년 동안 그려온 그림들이 실려 있다. 그림 재료는 펜, 연필, 흑연, 목탄, 붓펜, 먹, 크레파스, 색연필, 파스텔, 수채, 아크릴 등으로 다양하다. 간혹 먹다 남은 자판기 믹스커피나 잘 익은 버찌로 그린 것도 있고, 어떤 날은 풀잎을 으깨어 풀색을 내기도 했다.

책에는 보기 쉽도록 식물, 동물, 사람 이렇게 세 장으로 분류해 실었지만 처음부터 일정한 주제를 정해 놓고 기획해서 그린 것은 아니다. 그래서 각 장 안에서도 그림체가 들쑥날쑥하다. 개인적으로는 한 장 한 장 다 이유가 있고 사연이 있는 기록들이지만 타자인 독자의 눈에는 어떻게 보일지 궁금하고 조금 걱정도 된다.

　그림과 내가 만나는 때. 그것은 팽팽한 긴장과 이상한 평화, 작은 죽음과 삶이 부딪쳐 새로운 모습으로 깨어나는 시간이다. 드로잉은 짧든 길든 홀로 집중해야 하는 작업이지만 한편으로는 혼자여도 혼자가 아닌 시간이기도 하다. 그림을 그릴 때, 노래할 때, 춤출 때, 혼자여도 우리는 이 세상과 온전히 함께임을 느끼니까.

　그림을 그리고 싶다거나 언제쯤 시작할까 고민하고 있는 사람이 있다면, 미루지 말고 지금 당장 그려 보라고 말해 주고 싶다. 일단 시작을 하시라. 마음이 가는 것, 눈길이 닿는 것을 멋대로 그려 보시라. 세상에 잘못된 그림이란 없으며 못 그릴수록 어쩌면 더 좋은 그림일 수도 있다. 끝없이 실패해도 사실은 실패하는 것이 아니며 별 탈 없다. 괜찮다.

　마음이 닿는 곳에 내가 있다. 그것을 응시하며 그리다 보면 나 자신은 물론이고 나를 감싸고 있는 세계 속으로 쑥 빨려 들어가게 된다. 드로잉을 통해 더 진하게, 간절하게, 새롭게 이 세계와 나를 만날 수 있다. 더 사랑하게 된다.

이호테우 해변
2018.11.09 쓰고그렇다

1

부드러운 칼날

식물 이야기

나무를 보면
그리고 싶어진다

소낙비를 뚫고 찾아간 황세준 작가의 전시에서 두루마리
휴지를 그린 그림이 나는 좋았다. 그림을 보다 머리를 식히러
전시장에 딸린 조그만 야외 테라스에 나갔다가 우두커니
홀로 서 있는 수양버들과 마주쳤다.
비 그친 뒤 물기를 털어내고 있는, 늘어지고 휘어져 바닥에
닿을 듯 말 듯하는 싱그러운 실버들이 두루마리 휴지
그림만큼이나 좋았다.
젖은 나뭇가지를 가만히 당겨 보았다. 한자리에 서서 평생
붙박인 채 살아가는 신비로운 존재. 나무를 보면 그리고
싶어진다.

잔디원수목 (한비구展)
대리산의 비 아 2죽 뒤
수양버들 2014 502

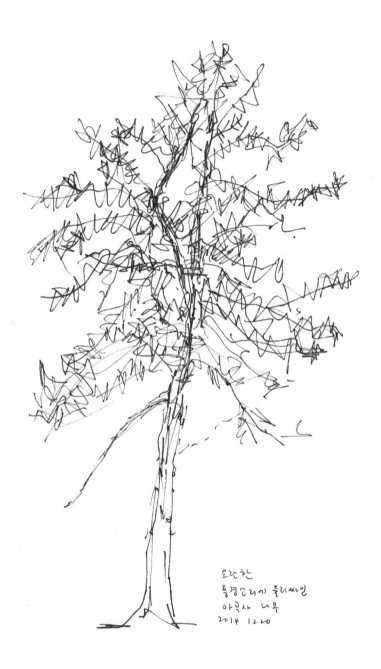

오란한
풍경소리에 둘러싸인
아모사 나무
2014 1220

공주 마곡사에 들어섰을 때
풍경 소리가 사방에서 요란하게 울렸다.
듣기 좋은 소란함.
경내의 풍경이란 풍경은 모조리 흔들어 차랑 차랑 차랑
일제히 울게 할 만큼 바람이 세게 불었다.
그리고 움츠린 내 앞에서
겨울에도 푸른 이 나무의 모든 가지들이
바람에 원 없이 나부끼고 있었다.

바람과 한 몸.
겨울이 춤춘다!

바람은 좋았을 것이다. 나무도 좋았겠지.
하긴 나무와 바람이 한 몸이 아닌 순간이 있을까?
언제 노트와 펜을 꺼내 이 나무를 그렸는지 모르겠다.
그저 그 순간을 놓치지 않으려고
한 호흡에 얼른 그렸을 뿐.
나도 바람과 나무와 한 몸이 되어.

다 못 그려도
괜찮다

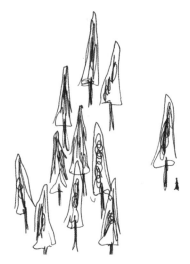

제주도 다랑쉬오름 입구에 수북이 떨어져 있던
삼나무 가지 중 하나가 제주공항까지 나를 따라왔다.
비행기를 기다리며 붓펜으로 가만가만 그리는데
탑승 시간이 되었다. 그리다 만 삼나무 가지.
미완성인 채로 완성이다.
다 그리지 않아도 괜찮다.
그리다 만 삼나무 가지 그림은
길을 넓히겠다고 함부로 베어 넘긴 비자림로의
오래된 삼나무 숲으로 나를 가끔 데리고 간다.

비 오는 날의
수채화

모처럼 비가 흠뻑 내렸다.
거칠거칠 메말라 보이던 플라타너스 줄기에도 생기가 돈다.
딱정이 같던 껍질들이 빗물을 충분히 머금고는
꽃이 피어나듯 색이 짙고 영롱해졌다.
비의 마법이다.

비가 내려 나무에 생기가 도는 것처럼,
수채화도 그리는 대상에 싱그러운 빛을 입히는 작업이다.
물감에 물을 섞어 붓질을 하다 보면
실제와는 다른 세계가 불쑥 태어나기도 한다.
처음 보는 것이 튀어나올 때도 있다.
이 나무줄기를 그릴 때도 그런 기운이 뿜뿜
뿜어져 나왔다.

낙엽 이야기

가을에는 일부러 멀리 나가지 않아도 단풍에 취한다.
아파트 화단 근처만 얼쩡거려도 풍성한 단풍잎 세례를 받을
수 있다. 날이 차가워지면 잎들이 속절없이 떨어진다.

가을이 보내는 손편지 같은 낙엽.
바람에 나뭇잎들이 앞 다투어 떨어질 때는
머리칼이며 어깨에 붙은 잎들을 함부로 떼어내지 못하고,
바닥에 수북이 쌓인 잎들을 밟기가 미안해
빈 자리만 골라 딛느라 애를 먹기도 한다.

도시에서 만나는 자연. 그 흔하고 아름다운 낙엽들을 그리다
보면 시간 가는 줄 모른다. 알록달록 채색 연습에도 좋다.
그런데 상한 데 없이 말쑥한 잎보다 벌레 먹은 것처럼 흠 있는
잎사귀에 더 끌리는 것은 왜일까.

박태기 나무 잎

찔레나무 잎

감 잎

단풍잎

갯버들 잎

늠수버들 잎 삼현제

감잎

도시의 낙엽은 대개 이런 신세가 된다.
아파트 경비 어르신들이 부지런히 쓸어 모은 낙엽이
포대에 담겨 단지 입구 한 귀퉁이에 모여 있다.
이렇게 한동안 죽은 듯이 있다가
어느 한 날 트럭에 실려 어디론가 간다.

그럴 때는 트럭을 따라가고 싶어진다.
낙엽이 어디로 가는지,
가서 어떻게 되는지 지켜보고 싶어진다.

플라타너스 잎에서는
약간 고약한 냄새가 나서
벌레가 덜 꼬이는 편인데
이 잎은 웬일로 제대로 뜯어 먹혔다.

잎맥이 다 드러났다.

장엄하다.

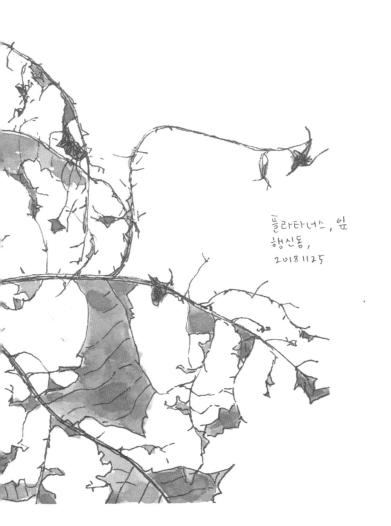

플라타너스, 잎
행신동,
20181125

세상을 구한 나무

부엌 작은 창문 밖에서 웬 여자의 비명소리와 함께 이어서
뭔가가 세게 부딪치는 소리가 났다. 그 다음은 고요. 잠시
궁금해 하다가 하던 일을 계속했다. 좀 지나서 택배 기사님이
물건을 건네주며 "누가 죽으려고 했대요. 나무로 떨어져서
살았나 봐요." 하는 게 아닌가. 내려가 보니 이미 사태 수습을
마쳤는지 경찰은 안 보이고 아주머니 서넛이 모여 있다.
어느 나무일까, 두리번거리며 찾아보니 제법 굵은 벚나무다.
맨 아래쪽 커다란 가지가 13층 높이에서 떨어진 사람을 받아
안느라 쩍 갈라져 꺾여 있었다. 그 나뭇가지를 바라보고
있는데 아주머니 한 분이 다가와 말을 건다. 엉뚱하게도 그
자살을 시도한 여자는 동대문에서 왔다는데 우리 아파트
관리가 허술해서 아무나 막 들어올 수 있는 게 문제라며
외부인 출입을 못하게 시스템을 딱 갖춰야 한다고 일장연설을
한다. 아니, 사람이 죽으려다 살아났는데 그 걱정을 하지는
못할망정 아파트 값 떨어질까 노심초사인가.
동대문에서 왔다는 젊은 여자는 놀랍게도 별로 다치지 않았고
경찰이 묻는 말에 대답도 곧잘 했다고 한다.
기적 같은 일이다.

한 사람을, 한 세계를 구한 나무를 본다.
팔이 떨어져 나간 자리에 빨간약을 발라주고 싶다.

남자한
1그드나름
2015 1210 빼서

어느 날 동네 개천 산책로에 나갔더니
계단 옆 버드나무 가지가 죄다 잘려 있었다.
구청에서 산책로 환경 정리를 한 모양이다.
아직 낭창낭창하게 생기를 머금은 가지들이
나무 아래 수북이 쌓여 있다.
그 모습이 안타까워 하나를 주워 들고 집으로 왔다.

어디가 좋을까 둘러보다가 벽시계 위로 정한다.
　밥을 먹고, 그림을 그리고, 멍하니 앉아 있기도 하는
　　　책상에서 고개를 들면 바로 마주 보이는 자리.

　　　　겨울에도 우리 집에
　　　　　　버 드 나 무 .

먹을 수 있는 식물들

시골 별똥이네 집에 놀러가
늦잠을 자느라 아직 못 일어난 아침에
네 살 별똥이가 이모 먹으라고 쪽마루에 두고 간
무화과 세 알.

별똥이네 무화과나무에는
해마다 아기 주먹보다 작은 무화과 열매가
조랑조랑 달린다.
달아서 벌레도 많이 꼬인다.

무화과

2013 7.28(日) 명동이네
여름 (얼음)

소만 무렵
모내기가 한창이다.

온 세상이 푸른빛으로 생동하는 시절,
어미 대나무는
새끼를 세상에 내보내려고
양분을 아래로, 아래로 내려 보내고
자신은 영양결핍으로 누렇게 뜬다.
멀리서 보면 대밭 전체가
병에 걸린 것처럼 누리끼리하다.

죽순이 세상에 나오려고
땅거죽을 쿵쿵
들이받는다.

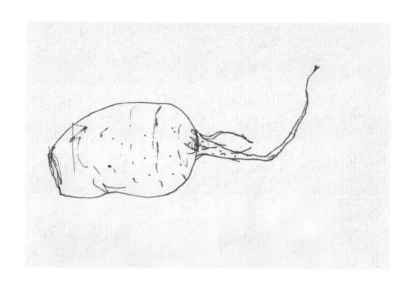

공은숙 엄마가 심어 기른 쥐꼬리무.

남도의 겨울, 저녁 먹은 지 한참 지난 한밤중에 엄마가 웬
자라다 만 듯한 무를 내오신다. 언뜻 보기에 영 볼품이 없다.
이름도 재미난 쥐꼬리무!
쥐 꼬랑지처럼 꼬리가 길고 뒷모습도 쥐 궁둥이같이 통통하니
둥글어서 그렇게 부른다고 엄마가 알려 준다.
보통 김장무보다 한참 작은데 깎아 먹으니 신기하게 하나도
안 맵다. 무는 날로 먹으면 매운 성분 때문에 속이 아려서 많이
못 먹는데 이 쥐꼬리무는 많이 먹어도 암시랑토 않다.

한창 자라고 있는 갓을 그렸다.

사람으로 치면 아직 중학생도 안 되었다.

갓은 언제 클까? 아기들이 잘 때 큰다고 하듯

갓도 깜깜한 밤에 자랄까?

로제트 식물들이 그렇듯 아직 잎들이 바닥에 펼쳐져 있으나
자라면서 새 잎을 허공으로 쭉쭉 세워 올릴 것이다.

그림에는 제대로 표현하지 못했지만
갓 잎의 오묘하고 다채롭고 깊은 색감에 반해서
그 앞에 쪼그려 앉았다. 그리는 데 세 시간쯤 걸렸나? 청색이
도는 짙은 보랏빛 갓이 촘촘히 들어차서
저 끝까지 까마득히 펼쳐져 있던 밭의 풍경도 장관이었다.

그림을 그리는 동안 밭에 딸린 비닐하우스에서
한 남자가 나와 삽으로 거름을 퍼 담았다.
전에도 본 적 있는 사람이다.

그때 불쑥 든 생각.

응, 네 빛깔이
어디서 오는지 알겠다!

동네 개천 산책로에 나갈 때마다
나를 반갑게 맞아주는 친구.
물을 좋아해 물 가까운 데서 푸르게
무리 지어 자란다. 하수구나 시궁창처럼
더러운 데서도 잘 자란다.

그냥 풀이 아니고 맛있는 풀이어서
이른 봄에 새순이 뾰족뾰족 올라오면
나이 지긋한 엄마들이 새순을 사정없이 잘라서
국을 끓여 먹는다.

가을이면 씨앗이 겁나게 많이 달린다.
씨앗 부딪치는 소리가 요란하다고

이름도 '소리쟁이'인 풀.

낫춤 한판

낫을 들고 텃밭에 갔다. 며칠 만에 그렇게나 풀이 우거졌을
줄이야. 낫질을 하며 올해 들어 가장 많은 땀을 흘렸다.
송글송글 맺힌 땀방울이 등골과 가슴골을 타고 줄줄
흘러내린다. 속이 다 개운해졌다.

낫질은 재미나다. 풀이 썩썩 베일 때 나는 소리는 상쾌하고
풀내음도 향긋하다. 물론 조심은 했지만 왼손 검지 위를 살짝
베여 피가 났다.
낫질 신고식.

낫질을 하며 모기한테 서너 번 연속으로 피를 빨렸다.
저희들끼리 평화롭게 노닐던 풀밭을 건드리자 성이
났는지 이놈들이 내 주위를, 특히 얼굴 쪽으로 달려들 듯이
날아다녔다.
얼마나 심했으면 풀 베다 말고 낫을 막 휘둘러 쫓으려 했을까.
그렇게 한참 동안 허공에 대고 낫을 이리저리 휘두르며
낫춤을 추었다!

자전거에 낫과 호박, 호박잎, 풋고추를 싣고 돌아왔다.

종이에 연필과 수채, 2014, 36 × 56cm

서 있는 사람들

앞의 그림은 수확을 마친 옥수숫대를 그린 것이다.
우리 텃밭 건너 남의 텃밭에 수확 후 그대로 놔둔 옥수숫대가
말라 죽은 채 줄지어 서 있다.
농사를 좀 지어본 어르신들은 지나가면서
저걸 여태 뽑지도 않는다고, 보기 싫다고,
누군지 게을러터졌다고 타박을 했다.

하지만 어느 비 오던 오후에 마주한 그 광경은
조금 달라 보였다. 마치 자코메티의 조각이나
로댕의 〈칼레의 시민들〉을 보는 것처럼
근사한 조형물같이 느껴졌다.
비를 맞고 있어서인지 패잔병들 같기도 했다.

마음속에 또 무언가가 동해

비틀어지고 꺾이고 칙칙한 옥수숫대를 그리게 되었다.

그런데 나만 그렇게 느낀 게 아닌가 보다.

잠자리 한 마리가 하고 많은 것 중에 볼품없고 추레한

옥수숫대를 골라 그 꼭대기에 내려앉아서는

언제 끝날지 모를 길고 아름다운 명상에 들어가셨다.

하필 그 누추한 자리를 고르셨다.

부드러운 칼날

우리 텃밭에선 대파가 이렇게 실하게 자라지 않는다.
조금 자라다 만다. 거름을 줘도 그렇다.
농약을 안 쳐서 그런가?
그림 속의 대파는 동네 아파트단지 외곽에 펼쳐진
드넓은 대파밭에 사는 녀석이다.
오늘내일이라도 수확을 해야 할 다 자란 대파들이
하늘을 향해 부드러운 칼날 같은 푸른 잎을
곧게 뻗어 올리고 있다.
대파만의 독특한 푸른빛이 정답고 시원하다.

늦가을 짧은 해가 기울고 있는 대파밭 옆에
쭈그리고 앉아서 대파 두 뿌리에 눈을 맞추며
드로잉하는 기쁨.
대파와 나, 단 둘뿐인 사소하고 각별한 시간.
손이 점점 시려 왔으나 충만했던 시간.

텃밭에 떨어진 운석

흔히 먹는 여름 채소 오이가 푸르게 다 익은 뒤에도
밭에 그대로 놔두면 이렇게 멋들어진 늙은 오이,
노각이 된다.
열매가 늙어서 말라비틀어지거나 썩는 것이 아니다. 얄팍하고
싱그럽던 푸른빛의 오이가
이렇게 전혀 다른 느낌의 묵직한 어른 채소로
바뀌는 것이 놀랍다.

오랜만에 텃밭에 갔다가
넝쿨 밑 그늘에 숨어 있는 노각을 보았다.
말 그대로 '발견'이다.
집에 모셔 와서 한참을 더 바라보았다.
목탄과 수채물감을 써서 이렇게 그려 놓고 보니
마치 지구에 떨어진 별똥, 운석 같다.
아까워서 먹지도 않고 며칠을 더 두고 보았다.
귀하디귀한 운석을 어떻게 먹나.

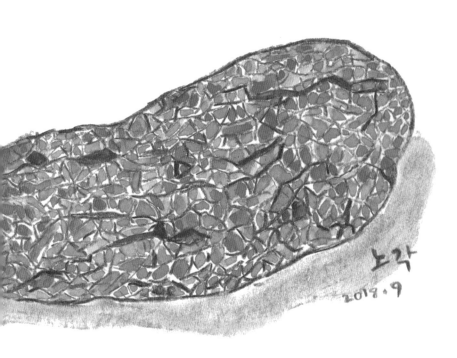

上각

2018·9

종이에 수채,
2014, 27 × 39.3cm

겨울 향연

커다란 호수 같은 연못. 밀도 있는 무채색 겨울을 맞은 연못은
아직 물이 얼지는 않았지만 추위와 침묵에
잠겨 있다. 그곳에,
내가 좋아하는 연이 있다.

나는 연 중에서도 있는 듯 없는 듯 존재가 희미해진
겨울 연이 좋다. 시린 물속에 꼼짝없이 붙박여서
활활 겨울을 나는,
휘어지고 꺾이고 풀썩 고꾸라진 연 줄기들.
바람이 불자 메마른 줄기와 지저분한
머리카락처럼 마구 갈라진 연잎이 무거운 침묵에서 깨어나듯
바람에 흔들렸다.

춤을 춘다.
살아 있다.
살고 있다.

눈앞에 펼쳐진 심심하고 묵직한
겨울 연의 향연.
흔들림 없는 물속의 생.

망가진 샤워기
2013.11 청양 백련못

게발선인장

우연히 보았다.
겨울에만 잠깐 핀다는 게발선인장 꽃.
영롱한 핑크빛이 가짜인가 싶게 깜찍했다.
줄기 마디가 게 발처럼 생겨서 게발선인장이라고 부른다는
이 식물을 보면 김선명 선생님이 생각난다.
45년. 세계 최장기 비전향 장기수였던 선생님이 석방 후
지내시던 서울 낙성대 만남의집 2층에서 1층으로 내려오는
계단참에 게발선인장 화분이 있었다. 계단을 내려오다
선생님이 선인장을 가리키며 말씀하셨다.

저 마디를 꺾어서 심으면 또 나고 또 나고
그렇게 잘 살 수가 없어.
그래서 사람들에게 많이 선물했지.

선생님은 2000년에 다른 비전향 장기수 선생님들과 함께
북한으로 가셨다. 다큐멘터리 영화 〈송환〉에 그 이야기가
나온다. 정작 선생님 고향은 경기도 양평군 국수리
어디쯤이라던데.
어쩌다 국수역을 지날 때도
가녀린 체구의 다정했던 선생님이 생각난다.

해남 엉겅퀴

남도의 어느 허름한 식당에 들어가 밥을 먹는데
국이 거무스레한 엉겅퀴 된장국이다. 동네 할머니들이
엉겅퀴를 뜯어서 식당으로 가져온다고 했다.

이맘때 고흥 점암면 할머니들이 뜯어 오는 엉겅퀴는
다 자란 것들이라 가시가 억세어 쌈으로는 못 먹고 푹 삶아서
된장국에 넣는다.

간에 그렇게 좋대요,
식당 주인이 말한다.

엉겅퀴는 간에 좋고 가시가 힘이 세고 꽃도 좋다.
할머니 같은 엉겅퀴 국을,
별 맛도 없는 슴슴한 엉겅퀴 국을
한 그릇 더 달라고 했다.

몸에 좋으니까요. 우리 할머니 같으니까요.
할머니를 먹다니!

그림의 장소

제주도는 외국 같다.
다른 나라.

본질이 그러하다고 느낀다.
보배로운 다름.

그 다름을 아끼고 사랑한다.

툭 불거져 나온 꼭지가
한라산 봉우리를 닮았다고 한라봉.

어리목에서
윗세오름 오르는 길에 보이는 한라산
꼭대기 봉우리. 백록담을 품고 있는,
여기는 만세동산 어디쯤 ?

북촌마을 팽나무 2018. 11

이제 오냐

'폭낭'은 팽나무를 부르는 제주 말이다.
제주도 조천읍 북촌리에 있는
너븐숭이 4.3 문학관을 찾은 날은
종일 비가 내리다 그치다 했다.
마을길에 들어서는데 할머니 같은 나무가
단박에 시선을 붙들었다.

바람 부는 쪽으로 휘어져 굽은 폭낭 할망.
할매가 나에게 이제 오냐, 했다.

광목천에 먹, 동양화 물감, 오일파스텔, 마커, 아크릴, 2014, 86.5 × 115cm

잠들지 않는 남도

오름은 산이나 산봉우리를 뜻하는 제주도 말. 흥미로운 설화가 전한다. 제주도 창조여신인 설문대 할망은 몸이 한라산보다도 큰 거구였다. 거인 할망이 제주도와 육지 사이에 다리를 놓으려고 치마폭에 흙을 담아 나르던 중 치마에 구멍이 나 흙덩이들이 떨어졌고 그것이 그대로 제주 곳곳에 솟은 오름이 되었다. 어쩐지 믿고 싶어지는 이야기다.

크고 작은 오름을 알록달록 원색으로 표현한 이 그림은 제주 4.3 헌정 앨범 〈산 들 바다의 노래〉를 듣다가 그렸다. 처음에는 화지 두 장을 이어 붙여서 그렸는데 왠지 답답해 보여서 커다란 광목천을 구해다가 다시 그렸다.

광목천 화폭에는 제주도의 거센 바람이 불고 있다. 오름의 캄캄한 굴속에서 사람 뼈가 일어나 한 손에 낫을 치켜들고 서 있기도 한다. 일제가 제주도민을 동원해 만든 일본군 비행기 격납고는 시꺼먼 아가리를 벌리고 있다.

앨범에는 안치환의 노래 〈잠들지 않는 남도〉를 편곡해 다시 부른 곡이 들어 있다. 이 노래의 마지막 부분을 여성 보컬이 마치 노래가 끝나지 않을 것처럼 몇 번이고 반복해서 부른다.

아 반역의 세월이여. 아 통곡의 세월이여.
아 잠들지 않는 남도, 한라산이여.

그 처연한 되풀이는 아직 끝나지 않은, 그래서 잠들 수 없는 제주 4.3의 이야기를 은유하는 것처럼 느껴졌다.

제주 서쪽 한림항 앞의 작은 섬,
비양도는 염소 천국이다.

염소들이 풀을 다 먹어치워서
비양봉 꼭대기는 둘레 땅이 검붉게 헐벗었다.
그래도 걱정보다는 웃음이 났다.
염소의 가로로 째진 눈동자는
세상 태평하고 능청스러우니까.

비양도, 용암이
지쳐 꺼지는 곳도 허덕않 허벌 20181106

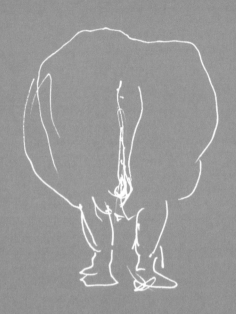

2

네 이름은 자유

동물 이야기

네 눈을 보면

개와 작은 곤충.
둘을 둘러싼 공기와 여백에
묘한 긴장과 따뜻함이 흐른다.
발달장애인 가족 자조 공동체 '기쁨터'의
정도운 작가가 그린 그림에서
개와 곤충 부분만 따라 그려 보았다.

개는 곤충을 보고 있는데 작은 곤충도 혹시
그 자그만 고개를 들어 개를 보았을까?
저보다 엄청나게 큰 상대의
커다랗고 순하고 나른한 눈동자와 마주쳤을까?

개를 종종 그리게 되는 까닭은 자주 보기 때문일까?
눈 닿는 곳 어디에나 너희들이 있다.

　　아득히 오래 전부터 사람에게 곁을 내어주고
　　　　다정하고 든든하게 교감해 온 존재.

동물이라기보다 동무인.

인조 개.
미장원 TIME 지킴이들.

주인의 저녁식사를 목에 걸고 다니는 개.
샤갈 그림 (1952) 을 따라 그림.
목 디스크 걸렸다 ···

대현사 개.
아이고 심심해 ..

인수봉 지킴이에게

북한산 인수봉 아래 작은 암자의 돌담에
붙박인 듯 서서 오가는 등산객을 지긋이 바라보는 너.
털에 가려진 네 눈을 한참 찾았지 뭐야.
눈 마주치고 싶어서.
너는 등산객이라면 이골이 났을 거야. 그렇지?
단풍철이 아닌 때에도 울긋불긋한 등산복을 차려입고 떠들며
깔깔 웃으며 즐거워하는 사람들.
시끄럽지만 좀 봐주라.

너는 짖지 않는구나. 길들여져서,
우리가 놀랄까 봐, 아니면 익숙한 풍경이라 심드렁해서?
너는 심지어 꼼짝도 안 하는구나, 정물처럼.
무슨 생각하고 있니? 심심할 때는 뭐하니?

암자의 보살님이 바쁘시면 내가 너를 한 번 씻겨 주고 싶은데
생각이 있어? 분명 네 털은 원래는 상아색일 것 같은데 말이야.
이발도 하면 좋겠다. 안 갑갑해?
다른 날에도 어쩐지 너는 이렇게 돌담에 나와
서 있을 것만 같구나. 그래?

네가 컹컹 짖는 걸 상상해 본다.

네가 짖는 소리에 멍때리던 인수봉이 놀라 움찔하는 것도.

종이에 수채, 2014, 27 × 39.3cm

사모바위 개

북한산 사모바위에 도착해 점심을 먹고 있던 우리 앞에 갑자기 개가 나타났다. 깜짝이야.

개는 아주 가까이 오지는 않고 조금 떨어진 곳에 멈춰 서서 가만히 기다렸다. 젖꼭지가 불어난 것이 젖먹이 새끼가 딸린 어미 개다. 사람들이 먹을 것을 조금씩 덜어 주자 개는 잘 받아먹었다.

이 녀석은 어떻게 산에 들어오게 되었을까. 북한산 사모바위는 등산객이 많이 몰리는 곳이다. 주위에 다른 사람들도 있어 마음을 놓았지, 여자 둘인 우리만 있었다면 두려웠을 것이다.

보름 뒤 다시 북한산을 찾았다.

삼천사계곡 옆에 앉아 도시락을 폈을 때 어디선가 카랑카랑 개 짖는 소리가 났다. 그리고는 난데없이 눈앞에 튀어나온 복슬강아지들. 통통한 흰색 두 마리와 밤색 한 마리. 처음엔 한 놈만 보이더니 곧이어 한 마리, 좀 있다 또 한 마리가 짙은 녹음 사이로 나타났다.

아마도 고소한 생선전 냄새를 맡고 왔을 것이다. 그런데 힘껏 달려 내려오다가 멈칫하더니 수풀 뒤에 숨어서는 냄새 나는 현장을 지켜보기만 한다.

우리가 경계를 풀어 주려고 "이리 와" 손짓하며 알은 체를 하자 그제야 한 녀석이 다가왔다. 넉넉히 덜어준 음식은 이 용감한 녀석이 혼자 다 먹어 치웠다.

대체 이 아이들은 어느 별에서 온 녀석들이란 말인가. 근처 어딘가에 집이 있겠지? 젖 뗀 지 얼마 안 되는 것 같은 품새가…… 혹시 인석들, 지난번 사모바위에서 만난 어미 개의 새끼들은 아닐까?

계곡을 따라 오르면 바로 사모바위가 있다. 어미는 북한산 능선, 등산객들이 바글거리는 사모바위로 과감히 보급투쟁을 나가고, 어린 것들은 골짜기에서 눈치 봐 가며 어미 흉내를 내고?

귀여운 똥강아지들은 이대로 산속에서 들개로 자랄 수밖에 없겠지. 야생에서 무사할 수 있을까?

집에 돌아와서도 생각이 꼬리를 문다.

마음을 주는 일은 간단치가 않구나.

보고 싶다,
우리 죠스

우리 텃밭이 있는 농장의 주인은 꽤 너른 농장에 곳곳마다 지킴이 개를 묶어 두었다. 텃밭 농사가 시작되는 4월에 처음 만난 죠스는 태어난 지 한 달이 채 안 된 강아지였는데 몇 개 난 이빨이 제법 날카롭고 야무져서 이름을 그렇게 지어 주었다.

자두나무 줄기에 묶어 놓은 목줄 길이가 1미터를 조금 넘었나. 한창 천방지축으로 뛰놀며 자랄 나이에 종일 쇠줄에 묶여 있으니 갑갑하기 짝이 없었을 것이다. 그러니 죠스는 사람만 보면 환장을 하고 반겼다. 특히 아이들을 좋아했다. 꼬박꼬박 먹을 것도 갖다 주고 무엇보다 잘 놀아 주니까.

하루 종일 묶여 있는 모습이 짠해서 몇 번인가 내가 줄을 잡고 농장을 산책시킨 적도 있다. 그럴 때면 사방팔방으로 내달리려는 녀석을 달래느라 애를 먹었다. 아주 그냥 자유에 취해 가지고 남의 텃밭 채소도 막 짓밟고 말이야! 정신을 좀 차리시고는 방금 물을 준 우리 밭 상춧잎에 맺혀 있는 물방울을 고 작은 분홍 혀로 맛나게 핥아먹었지.

자전거를 타고 텃밭을 떠날 때면,

　　　그런 나를 언제나 물끄러미 지켜보던 녀석.

어느 저녁 무렵에 해 지는 쪽으로 돌아앉아 있던

　　　어린 너의 뒷모습이 아직도 내 가슴에 콱 박혀 있단다.

　　　　　보고 싶다, 죠스야.

죠스
2017. 7. 22

죠스를 기억하려고
내가 지은 그림책 속에
자두나무와 함께 그려 넣었다.
쇠줄은 뺐다.

종이에 수채, 2015,
27.3 × 55cm

나는 고양이로소이다

일본 그림책 〈희망의 목장〉은 후쿠시마 핵발전소가
폭발한 뒤 방사능이 흐르는 목장에 눌러앉아 남겨진 소들을
돌보는 사람의 감동 실화를 전한다.
이 책에 고양이가 두 번 등장한다. 표지에 그려진 고양이는
주인 옆에 소, 개와 함께 서 있는 모습인데 다른 동물들처럼
가만히 있지를 못하고 동그란 두 눈으로 노란 나비를
쫓고 있다.
본문에 나오는 고양이는 내가 따라 그린, 딱 이 그림 같은
모습을 하고 있다. 탁자에 몸을 뒤집듯 누워 세상 편하게
잠들어 있는 고양이.
고단한 하루 일과를 마치고 술 한 잔 걸치시는 소치기 아저씨
곁에서 근심이라고는 털끝만큼도 없는 천진난만한 자태로
널브러져 자는 모습이 사랑스럽다. 하늘이 두 쪽 나도 세상
태평한 너한테 반하지 않을 도리가 없다.

고양이 만세, 평화 만세다.

르르르 —
아무 걱정 없이
늘어지게 잔다,
고민 많은 주인 옆에서...
그래서 더 소중한 친구 —
〈희망의 운장〉에서

소로 태어나

나는 무슨 복으로 인간으로 태어나
이 세상에 깃들었을까.

공장 돼지나 양계 닭이 아닌
살처분 당하는 소가 아닌

인간으로.

소를 살처분 하는 인간으로.

매몰되기 전 허공에 매달려 있는
살처분된 소들 (2010년 4월)
2013 3.02 경향 사진

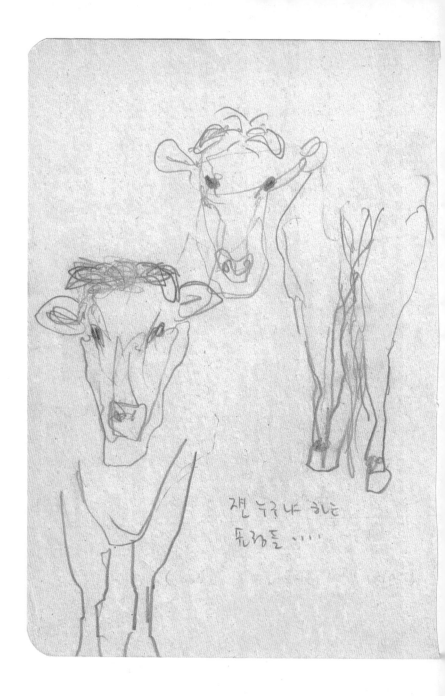

쟨 누구냐 하는
표정들 ‥‥

나를 뚫어져라 쳐다보는 소들.
산기슭에 있는 농장의 소들이
등산하고 내려오는 한 인간을 발견하고
흥미롭게 구경한다.

내가 소를 보는 것이 아니라
소가 나를 보고 있다.

날이 야무지게 차다.
꽃 시샘이 틀림없는 추위.
그러거나 말거나
버들강아지는 봉실봉실 피어난다.

동네 개천에 텃새처럼 눌러 사는 오리가
산책로에 납시었다. 오리는 개천 비탈이나 물속에
있다가 곧잘 산책로로 나온다. 적당한 거리를 두고
사람들을 구경하며 날마다 산책을 한다.

오리는 드물게 풀섶에 알을 낳기도 하지만
집게까지 들고 다니며 알을 집어가는 인간들 등쌀에
알을 품어보는 일은 엄두도 못 낸다.

그래도 꿋꿋이 오늘도 개천에서 산다.
산책을 즐기며,
사람 구경하며.

반가운 손님

부리 끝이 갈고리처럼 휘었다.
세상에, 너를 우리 동네 개천에서 보다니.
어쩌 어리바리해 보인다. 아직 새끼지?
다 크려면 한참 멀었지?
반갑구나. 가슴이 콩콩 뛴다.
어쩌다 여기까지 오게 된 거야?
여기는 네가 사냥할 먹잇감이 별로 없는데.

너, 민물가마우지 맞지?

개천 산책로를 지나 전철역으로 가던 길이었는데
너 때문에 오후 일정 취소다.
네가 반갑고 궁금하고 걱정도 되고
무엇보다 계속 지켜보고 싶어서 말이야.
낯선 곳에 온 너를 방해하지 않으려고 조용히
아무 소리 내지 않고, 가만가만 너를 따라 움직인다.
너는 한자리에 꼼짝 않고 서서 예민한 눈빛으로 사방을
경계하고는 한참만에야 물로 들어간다.

개천 가장자리 물풀 속으로 고개를 처박더니
잠시 후 보란 듯이 부리에 물고기를 물고 나와서는 꿀꺽!
수영을 진짜 잘하는구나.
하긴 너는 물고기 사냥 선수니까.

너는 개천 터줏대감인 거위와 오리 패거리도
그닥 신경쓰지 않는다.
용감하거나 아직 뭘 모르거나.
저 거위가 꽥 하고 소리를 지르면 너도 깜짝 놀랄 걸?
쟤네들이 거칠게 텃세를 부릴 수도 있는데
너는 다만 여기가 머물 만한 곳인지,
어디에 고기가 숨어 있는지를 살피는 데만
정신이 팔려 있구나.

다시 물 밖으로 나온다.
어라? 젖은 날개는 왜 펴는 건데?
사냥하느라 젖은 몸이 어서 마르라고 날갯짓하는 것이로구나.
너 참 재미있다. 네가 사랑스러워 어쩔 줄을 모르겠다.
아니, 날개 말리다 말고 물에는 왜 또 들어가는 건데?
또 사냥하려고? 아유 참, 날갯짓을 그리 열심히 해 놓고는.
바보.

날개를 활짝 펴려고 틈 엿보는
중인 민물가마우지 유조

　　　　새끼 민물가마우지를 따라 400미터 남짓한 개천
산책로를 몇 번이나 왔다 갔다 했다. 시간 가는 줄 몰랐다.
이튿날엔 늦가을 비가 내렸는데 녀석이 나무다리 밑에서
비를 피하고 있었다. 그럼 뭐해. 좀 있다 사냥한다고 물로 첨벙
들어가 다 젖고 말 걸.

씩씩한 민물가마우지 유조는 우리 동네 작은 개천에서
그렇게 3박 4일을 머물다 떠났다.

붉은 눈

동네 산을 걷다가 우연히 큰소쩍새를 만났다.
참나무시들음병이 퍼지는 것을 막는다고 베어서
비닐로 꽁꽁 덮어둔 참나무 더미. 대체 그 안엔
어떻게 들어갔을까. 하고많은 곳 중에
왜 하필 도시 변두리 작은 산으로 날아와서는
엉뚱한 곳에 갇혀 발버둥치고 있었을까.

비닐을 찢고 몸부림치던 녀석과 눈이 마주쳤다.
이름과 달리 생각보다 작은 큰소쩍새는 주저 없이
숲을 가로질러 날아갔다.
상하지 않은 날개를 쫙 펴고,
곧 들이닥칠 시시한 밤의 제왕처럼.

큰소쩍새야.
이곳을 떠나 먼 곳으로, 더 깊은 숲으로 가렴.
여기는 너에게 너무 좁구나.

천둥 같던 네 붉은 눈은
결코 잊지 못하겠지.

그림은 뉴스에 나왔던 큰소쩍새를 보고 그렸다.
동물구조센터에서 치료를 받고 있던 녀석.
한쪽 눈을 잃었지만 이 녀석도 눈빛만은 형형했다.

변산 버스 정류장에서

머리 위에서 뭐가 부산하다 싶어 올려다보니
제비들이다. 버스 정류장 비가림 지붕을
지탱하는 기둥들 중 하나를 골라 그 꼭대기에
진흙과 지푸라기를 열심히 물어다 지었을 제비 둥지.
그곳에서 이미 많이 자란 새끼들이
입을 쩍쩍 벌리며 어미가 물어다 주는 먹이를
서로 먹겠다고 난리법석을 떨고 있다.
둥지가 비좁다.

뒤돌아 있던 한 놈의 똥구멍이 벌어지는가
싶더니 찍, 흰 똥오줌이 떨어지는 순간
언제 날아왔는지 어미가 그것을 쏙 받아먹는다!
나를 부안 고속버스터미널로 데려다줄
버스가 저기 오고 있는데
이 재미난 제비 드라마를 좀 더 보고 싶기도 하고
어찌 해야 할까.

개개비 우는 여름

개개개개개—
개개비 우는 소리는 개구리를 닮았다.
시끄럽지 않고 정겹다.
좀처럼 눈에 띄지 않으니
우는 소리가 들려야 개개비가 왔구나 하고 안다.

여름철새인 개개비는 천적의 눈에 잘 띄지 않는
우거진 갈대숲 속에 집을 짓고 새끼를 낳아서 키운다.
크게 무리 지어 시끌벅적하게 여름 한 철을 지낸 뒤
떠나온 곳으로 돌아간다.

한 번씩 가까운 나무 위로 날아오르기도 하는데,
그럴 때 운이 좋으면 참새만 하고 수더분하게 생긴 개개비를
볼 수도 있다.

개개비가 앉아 있던 나무.
이 그림은 마시고 있던
자판기 믹스커피를 찍어서 그렸다.

메기를 따라

이틀 내리 내린 비에 팔뚝만 한 물고기들이
성사천으로 올라왔다. 성사천은 폭이 3미터 남짓한
우리 동네 작은 개천이다.
비가 많이 내리면 큰 강에서나 볼 수 있는
커다란 잉어나 붕어 들이 멋모르고
우리 개천까지 올라와서는 다시 큰물로 나가려고
출구를 찾아 왔다갔다 활발히 헤엄치는 것을 볼 수 있다.
한 번은 모래톱에서 버둥거리고 있는 커다란
떡붕어를 잡아 물에 놓아 주기도 했다.

오늘도 성사천 산책로를 따라 걷는데
몇 걸음 안 가서 메기! 분명 메기를 보았다.
이번엔 메기도 올라왔구나.
호리호리한 메기 한 마리가 부드러이 물을 거슬러 나아가는
것을 우연히 보고는 메기를 따라
계속 걷게 되었다.
이런 호사라니.
좁고 냄새나는 개천이 봉긋 부풀어 올랐다.

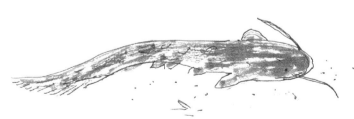

2016 0504
오후 늦게 메기, 성사천

올해는 유난히 더 가물다. 대청호 수위가
점점 낮아지더니 수몰마을의 살림살이가 오랜만에
세상 밖으로 드러났다.
그중 하나는 어느 집 우물이었는데
우물 속에서 참개구리 한 마리가
유유자적 헤엄을 치고 있었다.

진짜 우물 안 개구리.

어이쿠, 놀래라. 하마터면 밟을 뻔했다.
커다란 참개구리가 동네 개천가 산책로에 떡하니
앉아 있다. 먼발치에 가로등이 켜져 있으나
어두워서 처음엔 못 알아봤다.

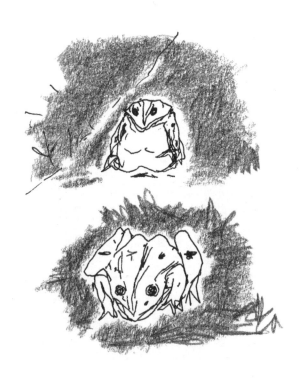

근데 개구리야, 여태 겨울잠 자러 안 갔어?
오늘밤엔 기온이 영하로 떨어질 것 같은데…….

언젠가 여름 다 지나 개천 남쪽에서, 그 때도 역시 어둑해질
무렵에 마주쳤던 덩치 큰 개구리 같기도 하다.

이 개천에서는 개구리를 거의 못 보는데,
너 혹시 그 때 그 애 아니니?

네가 가만히 있으니 나도 잠자코 너만 본다.
튀어나온 큰 눈이 젖어서 반짝인다.
왕개미 한 마리가 방금 네 곁으로 다가왔다가
이크, 하고 피해 달아났다. 전에 혼난 적이 있었나.
너의 한없이 늘어나는 기다란 혀에
낚아 채일 뻔했던 기억이?

어두워서 너를 그리기가 쉽지 않구나.
이제 그만 갈게. 반가웠다, 참개굴아.
너도 얼른 따뜻한 보금자리 잘 찾아가렴.

먼모습

풀섶으로 들어간다,

풀섶 안으로
둑의 걸음 가까는
가만히 멈춤

셜뚱이가 그린 꽃뱀

가을 뱀을 보았다.
곡성 산골마을 별뚱이네 집. 비 그치고 해가 나자
축축한 몸을 말리려고 뱀들이 나와 있다가
우리에게 들켜 주었다.
산책을 나선 길에서 여섯 살 별뚱이가 먼저 알아챈
첫 뱀은 아기 독사. 길에 나와 있다가 인기척에 놀라
숲 속으로 줄행랑쳤다. 아주 작은 새끼 뱀이라 그런지
징그럽거나 무섭지는 않았다.
두 번째로 본 뱀은 토실토실 살찐 꽃뱀이었는데
길가 덤불 밑에 있다가 인기척에 스르르 안쪽으로 들어가는
걸 봤다.
그 다음은 아주 수지맞았다.

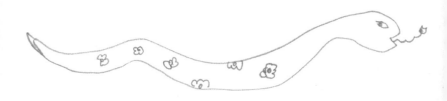

자기 관리를 믿고 있어!

볕이 따사로이 잘 드는

2차선 도로 가장자리 콘크리트 턱을 따라

키가 중학생만 하게 자란 뱀들이

해바라기를 하고 있었다.

으악.

우리도 놀랐지만 뱀들이 더 놀랐을 테지.

역시나 우리를 알아채곤 허둥지둥 달아나기 바빴다.

집에 돌아와 별똥이와 그림을 그리며 놀았다.

별똥이가 꽃뱀 몸통에 꽃을 아낌없이 그려 넣는다.

그래서 '꽃뱀'이구나?

앞으로는 뱀이 덜 무서울 것 같다.

며칠 뒤에 우리 동네 산책로를 걷다가

풀섶으로 사사삭 숨어드는 꽃뱀의 꼬랑지를 보았다.

놀랐다. 도시 아파트 단지 옆 개천에도 살고 있다니.

잘 살자, 성사천 꽃뱀! 다시 만나지는 말고.

한여름 매미 합창은 딴 세상을 내 앞에 부려 놓는다.
울울창창한 소리의 숲.
수시로 나타났다 사라졌다 하는 숲.

눈앞의 소나무 줄기에서 매미가
배 전체를 꿀렁이며 우는 것을 보았다.
온 몸으로 울기.

서울역 플랫폼 바닥에 떨어져 있는
죽은 매미를 보았다.
주웠다.
깃털처럼 가벼운 매미는
아무 냄새도 안 나고 깨끗하다.

손바닥 위의 고요.
죽은 것 같지가 않다.

김천 직지사 응진전의 부처님

응진전 댓돌에
누워 있는
벌

숲의 주인들

6월,
가까운 숲을 지키는 주인은
이렇게 작은 애벌레들.

허공에 동동
매달린
작은 우주.

방대山 숲길에서

117

종이에 수채, 2014,
27 × 39.3cm

회문산 담비

눈에 확 띄는 노란빛이 아니었다면
알아채지 못했겠지.
비와 진눈깨비가 흩뿌리는 궂은 날씨가 아니었다면,
무인카메라에나 드물게 잡히는
야생동물 담비를 내 눈으로 직접 보는 것은
가능하지 않았을 것이다.

회문산을 다 내려왔는데 저만치 산 아래 개울에서
노란 것이 움직였다. 보고도 믿기지 않는
진짜 담비 한 쌍. 영민하고 민첩하며
생김새도 신비로운 담비를 산속도 아닌 산 아래
개울에서 마주치다니.

개울 건너 어디로 행차하던 길이었을까?
물으나마나 마을 안 닭장으로 가는 길이었겠지.
스스럼없는 동작을 보아 하니 진즉 민가에 침입해
닭 맛을 본 아이들이다.
예민한 녀석들이 괜히 대낮에 물가로 소풍을 나올 리가 없지.

청회색 바위가 맑은 골짜기 물과 어우러진 냇가에서
허술한 등산객을 깜짝 놀래키며 나타난 담비 한 쌍은 사라질
때도 감쪽같았다. 세모꼴 대가리를
바짝 세워 이쪽을 보더니 이삼 초 만에 회군 결정을 내리고는
큰 보폭으로 뛰어 순식간에 사라진다.
그토록 빠를 수가!

회문산은 역사의 아픔이 깃들어 있는 장소다.
6.25 때 북쪽에서 반역도당으로 내쳐져 갈 곳 없어진
남부군이 휴전 후에도 1년여를 더 버텼던 삶터.
혹독한 겨울을 이곳에서 도대체 어떻게 견뎌 냈을까 싶은데
그이들을 잡겠다고 남쪽 토벌대는 산 전체에 불을 질렀다.

푸른빛이 돌 때 다시 찾고 싶은 곳,
회문산에서 만난 노란목도리담비 한 쌍.
잊지 못할 순간을 선물 받았다.

동물원에서

커다란 바윗덩어리가 천천히 움직인다.
그 단순한 동작만으로도 이미 매력 만점.
잠자코 보고 있는데 덩치에 비해 시시하다 싶게
작은 꼬리를 척 치켜들고는 똥 덩어리를 툭툭 연달아
발사하는 게 아닌가. 풀만 먹고 누는 그 푸짐한 똥을
아무 데나 누지도 않고 꼭 한 곳에다 누는
깔끔한 성품도 갖추셨다.
오줌은? 홍수가 진다!

동물원에서 코뿔소를 보고는 첫눈에 반했다.
반한 것이 어디 코뿔소뿐이랴.
동물원은 그런 곳이다.
세계의 진귀한 야생동물들을
실물로 만나고 관찰할 수 있는 곳.
그렇지만 동물들에게 이만큼 불편하고 부자연스러운
삶터가 또 있을까?

야생에서 자유롭게 살아야 할 존재들을
좁은 울안에 가두어 놓았으니.

코뿔소 궁둥이
2014. 4. 7.
서울동물원

나는 고작 궁금해 하는 것이 전부다.
봄이 무르익어 몸이 근질근질 달아올랐을 나의 사랑,
동물원 코뿔소들은 오늘도 잘 있는지.
괴상한 울음소리로 나를 불러 세우고는
해 저무는 서쪽 하늘을 그윽한 눈빛으로 바라보던
그 낙타들은 또 어떻게 지내고 있을지.

동물원의 쌍봉낙타는 아마 사막을 본 적이 없을 것이다.
사막에 모래바람이 불 때 낙타 눈 속에
모래알이 들이치는 것을 막아 준다는 긴 속눈썹이
다 무슨 소용이람.
아름답고 쓸모없구나.

낮잠 자는 하마.
저 들썩이는 배 좀 봐.
바위가 숨을 쉬네, 온몸으로.

지쳐서 졸고 있는 Ibex 새끼.
뿔도 꾸깐하게 났군요.

　　　　　　　동물원의 존재 이유.
그것은 달리 효용을 따질 문제가 아니다.
동물원을 만든 인간이 그저 몹쓸 동물이었던 것을.

동물원 울타리 안에
사람 동물인 내가 들어가 있는
상상을 해 본다.

종이에 수채, 2015, 34 × 47cm

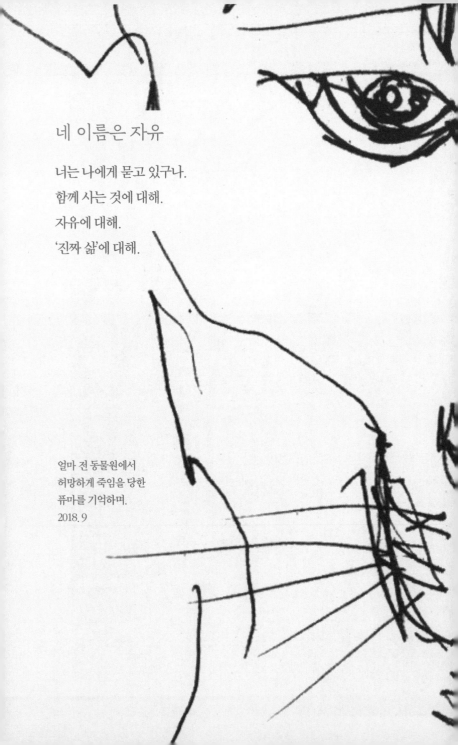

네 이름은 자유

너는 나에게 묻고 있구나.
함께 사는 것에 대해.
자유에 대해.
'진짜 삶'에 대해.

얼마 전 동물원에서
허망하게 죽임을 당한
퓨마를 기억하며.
2018. 9

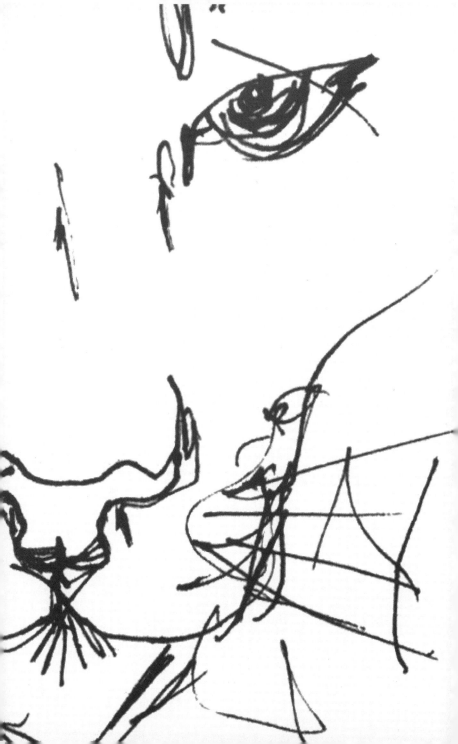

3

이야기꽃이 핀다

사람 이야기

꿀잠

너는 내가 모르는 아이.
누나 따라 온 미장원에서 누나가 머리를 하는 동안
의자를 타고 오르며 잘도 놀더니
어느 순간 이렇게 잠이 들었다.
누가 시키지 않아도 신발을 벗고 소파에 올라가
고단한 몸을 뉘셨네.
한여름 에어컨 바람이 센지
작다란 몸을 더 웅크렸다.

내가 머리할 차례를 기다리며 얼른 너를 그린다.
네 누나, 머리 거의 끝나간다.
너 깨어나기 전에 진정한 평화의 사도 같은 너의 모습을
마저 그려야 한다.
그것이 지금 내게 부여된 과제!
내 손은 바쁘고 기쁘다.

집 앞
미기·해어 소따메어
자고 있는 아이
2012 817

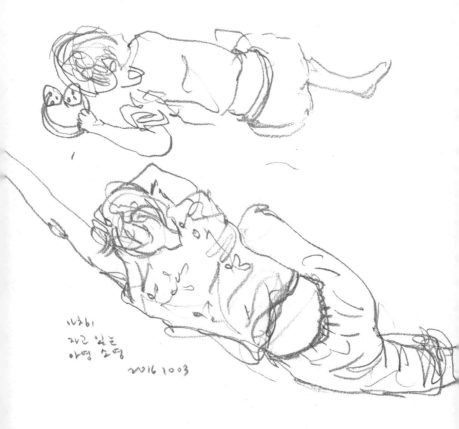

나라비
자고 있는
아병 소명

2016 1003

여섯 살 된 별똥이와 그 엄마.
자는 모습도 꼭 닮았네.

별똥아,
아끼는 머리띠는 밤새 쥐고 잔거야?

둘 사이로 비집고 들어가서 다시 누워볼까
생각하다가 짐짓 그만둔 게으른 아침.

사방이 시여서 아무 시도 써지지 않는
곡성 산골마을 별똥이네.

종이에 수채, 2014,
27 × 39.3cm

간첫날
2010.4
박○○

치앙마이 아이들

처음 본 순간에 대번 어디서 본 적 있는
얼굴처럼 느껴졌다.
국경을 넘을 필요도 없었다.
아잇적 나와 내 친구들을 쏙 빼닮은
치앙마이 아이들. 데칼코마니.
수줍어하는 것도 똑같네.
나는 반가운 마음에 아이들을
귀찮게 쫓아다녔다.

그림 속, 아이를 업은 소녀와 눈을
맞추니 오래 전 그날들이 어제처럼
생생히 떠오른다.
타이 치앙마이 깊은 숲속에 자리한
토착민 마을로 실핏줄처럼 이어지던
오솔길.
우리는 깊은 숲길을 걷고 또 걸어서
오지 마을을 방문하고
그곳에서 살아가는 사람들을 만나
이야기를 들었다.

평생 숲에 기대어 살아온 그들의 삶이 다국적기업의
마구잡이 벌목으로 점점 위태로워지던 상황에서 진행된
연대 활동의 하나.

그런데 나는 방문하는 마을마다 아이들한테 자석처럼
이끌려서는 활동은 건성이고 애들 주변만 얼쩡거리며
노는 데 정신이 팔렸다. 말은 안 통해도 마음이 통하니
의사소통엔 별 어려움이 없었다.
같은 편이라는 믿음, 상냥한 호기심, 소박하고 다정한 우정이
활짝 피어나 헤어질 때는 좀 힘들었다.

변산 아이,
2학년 조이랑
치앙마이 아이들과
똑 닮았다!

전철에서 만난 사람들

드로잉에 푹 빠졌을 때 내가 주로 타고 다니는 전철은
인물 드로잉을 하기에 아주 좋은 장소였다.
늘 이용하는 대중교통인 데다 다양한 사람들을
볼 수 있으니까.
다만 빨리, 그리고 눈치껏 그려야 한다는 것.
마주보고 앉은 사람은 너무 가까워서 그릴 엄두를
아예 못 내고, 멀찌감치 대각선 방향에 있거나 등을 돌려
서 있는 사람, 잠든 사람을 주로 그렸다.
이런 그림은 똑같이 그리거나 잘 그리는 것보다
그리는 순간의 느낌을 놓치지 않는 것이 관건이다.

꽤 오랫동안 전철 안에서 이어진 나의 소박하고 은밀한 인물
드로잉 작업은 긴장되고 좋았다. 그리려는 대상보다는 나와의
작은 한판 승부랄까.
그렇게 작은 노트에 사람들을 빠르게 그려 나가는 동안
기이한 일이 벌어졌다. 같은 날 같은 시간 전철에
함께 탄 사람들이 남녀노소 가릴 것 없이
전부 사랑스러워 보이기 시작한 것이다.
희한한 콩깍지가 씌워졌다.

지적장애가 있는 아들과 엄마.
30대 같은 아들은
노란색 태권도 띠 같은 것을
손에 꼭 쥐고 있었다.

전철 노약자석의 '노약자'에는
피곤하고 지친 사람들도 포함되겠지?
나도 가끔 비어 있는 노약자석에 앉는다.
할머니 할아버지가 나타나면 냉큼 일어나지만.

대각선 방향에서 잠들어 있는 여성.
푹 꺾인 고개와 늘어진 머리카락에서 피곤이
역력히 느껴진다. 쪽잠이 얼마나 달까.
내리는 역을 지나치면 안 되는데.

고개가 뒤로 젖혀질수록

점점 더 벌어지는

입— 입— 입—

올이도 少行

상월곡에서 같이 탄 남자, 붉은 잡지를 읽고있다
2014 8 이

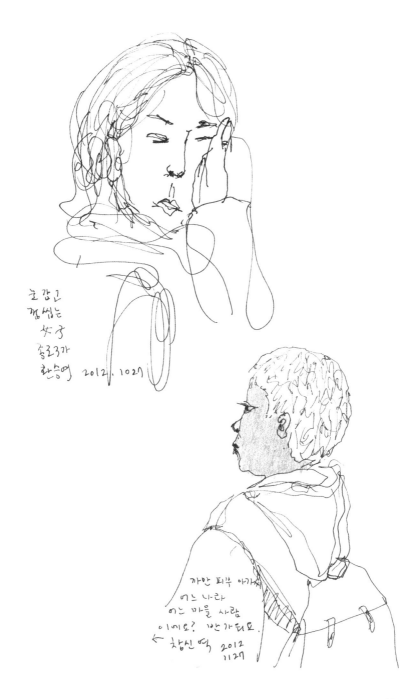

눈 감고
잠 쓰는
女子
송르가
환승역 2012. 102기

까만 피부 아가씨
어느 나라
어느 마을 사람
이에요? 반가워요.
← 창신 역 2012
11기

147

2011
8 2 0

아현역

똥똥
고등학생
(中학생?)
이어떤다 .

2014 6 12
공덕역

148

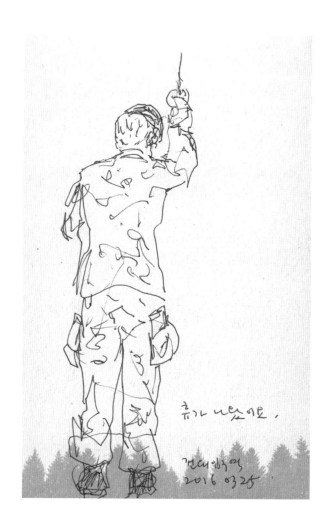

흙가 나**요** 가요.

건너방3억
2016 03**4**

149

늦은 밤
앉은 편 노약자석의
네 친구.
좌석 3개를 넷이
나눠 앉으셨네.
　　2016 3·12 경의선
　(왼쪽에서 두 번째 분
　　돌아앉은 자세.)

귀경

행신行 KTX 8호차
2015 12 20 밤

내 옆 사람

경춘선 전철 안에서 나는 조금 머쓱해졌다.
구걸하는 할아버지가 내 쪽으로 다가오는가 싶더니
내가 아니고 정확히 내 옆 사람 앞에 멈춰
"도와주세요." 하며 빈 바구니를 내미는 것이다.
할아버지는 오랜 경험으로
누가 보시를 할지 척 보면 아시는가.
이주노동자로 보이는 옆 사람은 조금도 머뭇거리지 않고 바로
자리에서 일어나 탁발승을 대하는 미얀마 사람처럼 예를
갖추고는 지갑에서 천 원짜리 지폐를 꺼내 바구니에 넣는다.
그 모든 동작이 진실하게 느껴졌다.
순식간에 어떤 선한 기운이 주위를 감싸는 듯했다.
느긋하게 기다리던 할아버지는 "고맙습니다."
인사하고는 자리를 떴다.
구걸하는 할아버지를 탁발승으로 모신 이 진귀한 사람은
누구일까. 모르는 이 사람이 궁금해졌다.
통화 중에 방글라 어쩌고 하는 소리가 들리는 것 같았는데,
방글라데시 사람?
오늘은 평일인데 일을 쉬는 날인가?

내 옆 사람이 마석에서 내린다.
　내 마음은 뒤뚱거리며 그 뒤를 따라간다.

Reds

제주현대미술관에서 열린
고길천 작가의 전시에서 석고붕대
작품 〈외국인 노동자〉를 보고 놀랐다.
작품에 양복을 입힌 것은
우리나라에 와서 온갖
육체노동을 맡아하는
이주노동자의 상당수가
본국에서는 대졸에 화이트칼라
출신임을 나타낸 것일까?
그것은 뭐 상관없다.
그보다는, 몇 겹의 천으로
눈을 가리고 입을 틀어막아 놓은
것을 보고 움찔했다.
비인간적이고 부당하기 짝이
없는 이주노동의 실태를
보아도 못 본 척
입이 있어도 없는 척

고길천의 「라인 노동자」 드로잉
2018년 제주현대미술관

외면하고 일해야 하는 현실을 설명한 것일까?

게다가 가려진 눈과 입에
영어로 빨갱이(Reds)라고
낙인까지 찍어 놓았으니!

옳지 않음에 저항하는 목소리,
자기 권리를 찾으려는 목소리를 싸잡아
빨갱이로 몰아세우는 세력들이 우리 사회에 있다.
그런 프레임에 붙들려 죄 없는 이주노동자들이
마치 범죄자처럼 옴짝달싹 못하고
벽에 걸려 있다.

전시회를 보고 온 뒤,
족쇄 같은 눈가리개와 입마개를 걷어내고
거추장스런 양복과 넥타이도 벗어 던진
이주노동자들의 모습을
상상해 보았다.

   그들에게 자유를
       선물하고 싶다.

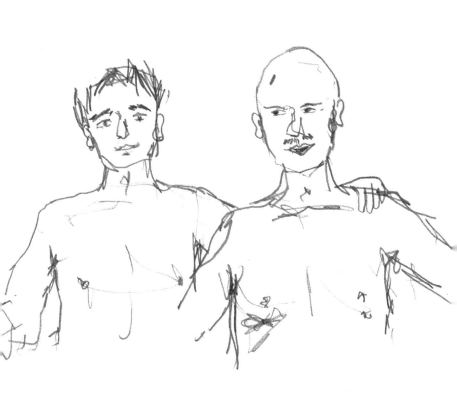

내가 좋아하는
빨갱이들

가수 안치환의 노래 중에
〈빨갱이〉라는 곡이 있다.
이 노래가 어느 날 문득 라디오에서 흘러나온다면?

나는 빨갱이가 좋다.
한 입에 가득 털어 넣어야 제 맛인 앵두 알들,
나를 지켜줄 빨간 악마, 친구가 들고 온
새빨간 포인세티아 화분,
언젠가 한 번 키워 보고 싶은
아프리카 빨강 염소…….

아흔 살 춘하 씨와 그림 놀이

춘하 씨는 우리 아버지다. 오랜만에 자식들 집에 다니러 오셨다가 심심하던 차에 셋째가 권해서 그림이라는 것을 그리게 되었다. 셋째는 나.

아흔 살 춘하 씨는 "나는 그림하고는 거리가 먼데……." 하셨지만 막상 크레파스며 연필을 쥐어 드리자 평생 농사 일기를 써온 손으로 재미나게 그림 놀이에 빠져 들었다. 별 기대 없이 시작된 놀이는 춘하 씨가 뜻밖의 선전을 하면서 온갖 이야기 꽃이 피어나는 마당이 되었다.

수염 깎는 춘하 씨.

춘하 씨는 아이처럼 그림 놀이를 맘껏 즐겼다. 둘째네 텃밭에서 주워 온 자두 두 알을 놓고 난생처음 수채화도 그렸다. "이게 이렇게 되는 것이로구나. 하나 더 그려 볼까?"

이번엔 베란다의 군자란 화분을 방으로 들여와 정성껏 밑그림을 그리고 채색을 한다. 완성한 군자란 그림이 춘하 씨 마음에 든다.

그 이튿날, 집주인인 둘째 딸이 출근하며 오늘은 쑥갓 꽃을 그려 놓으라고 주문을 했다. 텃밭의 쑥갓이 쇠어 가며 피워 올린 샛노란 꽃은 예쁘기 그지없지만 그림으로 그리기는 보통 일이 아닐 듯싶은데.

춘하 씨는 15분쯤 밑그림을 연습한다. 꽃병 속 쑥갓 꽃을 다 그릴 필요는 없다고, 몇 개만 그려도 되고 단 한 개만 그려도 된다고 말씀드렸다.

"그래?" 춘하 씨, 혼자 40분 걸려 밑그림을 완성한다. 5분 동안 조율한다. 고칠 게 거의 없다! 이제 춘하 씨, 피곤해서 낮잠을 청한다.

"아휴, 되다! 그런데 뭔가 뿌듯하구나."

자리에 누웠으나 그림 놀이로 흥분된 가슴이 가라앉질 않는지 춘하 씨, 안 주무시고 권정생의 《우리들의 하느님》을 읽는다.

"이 책 꽤 재미있구나. 노곤한데 잠은 안 오고, 이 느낌은 대체 무언고? 거참 이상하고 신기하구나……."

종이에 수채, 2015, 34 × 47cm

여름날 밝은 한낮에 춘하 씨가 가장 편한 자세로
쪼그려 앉아서 쑥갓 꽃을 보며 밑그림을 그릴 때,
연필로 삭삭 스케치하는 소리가 났다.
온 세상이 숨죽인 듯한 고요 속에서 눈앞의 쑥갓 꽃에
온 존재를 기울여 집중하고 있는,
처음 보는 춘하 씨의 모습에 놀란 나는
그 장면을 사진으로 찍어 그리기 시작했다.

춘하 씨는 쑥갓 꽃을 그리고
나는 쑥갓 꽃을 그리는 춘하 씨를 그리고.

이렇게 우연히
그림책《쑥갓 꽃을 그렸어》의 작업이 시작되었다.

아, 맛있겠다! 닭고두리
2층인 다듬는 출하(岩
2017 '5'08 어에이는

"내가 죽고 나면야 늬들이 사이좋게 못 지내고
싸우건 어쩌건 알 게 뭐야. 내 살아 있는 동안엔
지금처럼 잘 지내는 거 보고 싶지.
죽으면 너희 서로 투닥거린다 한들 내가 어쩔 거야.
죽었다 다시 살아나서 늬들 왜 잘 지내지 못하고
이리 싸우느냐! 하고 호통을 칠 거야 어쩔 거야."

어느 날 춘하 씨가 이렇게 말씀하셔서 내가
깔깔 웃으며 대꾸한 적이 있다.

"그러면 되겠네, 아부지. 다시 와서 혼내켜 주세요!"

안방
창밖에
서성이는
엄마 내다본
아부지
2011. 2. 4

어젯밤 꿈에
엄마가

오랜만에 시골집에
내려갔는데 다 저녁에 엄마가
젖은 소매로 귀가한다.
"엄마, 왜 소매가
그렇게 척척하게 젖었어요?" 물으니
아버지가 대신 대답한다.
"썰매 타고 노느라 저런단다."
아니 이럴 수가! 썰매라니요?
마을 근처 빙판에서 요새 날마다
썰매를 타신다고요?
쪼그려 앉아서 타는 것은 시시해서
물구나무를 서서 소매로 밀면서 타신다고요?
글쎄, 그게 어떻게 될까 싶은데, 혼자가 아니라
동네 어르신들도 함께 타신다고요?
와 대단하다, 우리 동네 어르신들!
물구나무 썰매타기라니.

나는 얼른 가스레인지에 불을 붙여 저녁밥을 한다.
내가 상을 차리겠다고 하자 엄마가 고맙다고 한다.

이것은 지난밤 내가 꾼 꿈.
물구나무 썰매를 타는 재미있고 이상한 엄마들의 이야기.

시골집 우리 동네,
전북 익산군 팔봉면 월성리
반월 부락에 사는 할매들을 그렸다.
두 분 중 키가 큰 할매는
술을 한 잔 걸치셔서
할매도 모르는 사이 허리께에 단추 하나가
슬그머니 풀려 있다.
할매가 마신 술은
아마도 오른쪽 밑에 그려진 두 병 중
종이컵을 씌운 밤색 대두병일 것이다.

틀림없다.
어려서부터 봐서 내가 잘 안다.

늙은 암곰 이야기

새끼 세 마리를 다 키워 낸 늙은 암곰이
사십오 도 열탕에 목까지 담갔던 몸을
포도시 일으킨다. 뜨거운 붉은 물이 암곰의 삭신을 자근자근
부드러이 밟아 주었을 것이다. 시원하고 흡족한
표정을 한 늙은 암곰이 어기적어기적
탕 밖으로 걸어 나간다. 물을 뚝뚝 흘리며.

엄마와 딸 셋
(엄마, 속으로 "우리 딸들 최고다.")
약암온천, 20180828

온천탕에서 알 듯 말 듯 흡족한 표정을 짓고 있는
늙은 엄마를 딸 셋이 흐뭇하게 지켜보는 모습을
곁에서 봤다. 나도 덩달아 흐뭇했다.
장철문 시인은 〈내가 사랑한 영토〉라는 시에서
농사꾼 어머니를 암곰에 비유했다. 밭일을 마치고
산밭 옆 개울에서 장딴지를 씻고 있는 암곰.
뜨거운 탕에 앉아 남의 늙은 엄마를 함께 쳐다보는데
왜 이 암곰 생각이 났을까?

바라본다

문경으로 귀농해 농사를 짓고 사는 재희와 두수가
모처럼 서울에 올라와 함께 전시를 보러 갔다.
고추 모종 500개를 심고 올라온 길이라 했다.
모종 500개면 얼마나 되는 양일까.

예전에 늙은 엄마와 아부지를 돕는답시고
밭에 따라가서 고추 모종을 심은 적이 있다.
모종 심을 구멍에 먼저 주전자로 물을 부어 땅을
촉촉하게 한 뒤 모종을 넣고 흙을 덮을 때
엄마가 한 마디 했다. "궁둥이 툭 차 줘라."
흙을 덮어 잘 여며 주라는 뜻인데, 그 말이 재밌어서
기억하고 있었다. 재희와 두수는 궁둥이를
툭툭 잘 차 줬을까? 500번이나!

전시장은 넓었다. 개가 물 먹는 모습을 촬영한
박이소의 비디오 설치작품을 바라보는 두 사람의
뒷모습에 반해서 나는 가만히 그 사진을 한 장 찍었다.

두 사람은 개를 바라보고
나는 개를 보는 두 사람을 바라보고.

종이에 수채와 색연필, 2014, 38.5×30cm

뒷모습 그리기는 조금 만만하다. 그리는 대상의 얼굴이나
눈빛을 직접 마주하지 않아도 되니까.

뒷모습은 앞모습에서는 알 수 없는 어떤 진실한 표정을 담고
있을 때가 있다. 내버려둠으로써 자연스럽게 드러나는
진짜 얼굴이랄까.
눈 코 입은 없지만 분명 그 사람이 보인다.
아는 사람의 뒷모습은 더 그런 것 같다.

아는 언니 둘이 어느 가을 저녁, 문득 서로의 손을 잡고
걸어간다. 그 저녁의 푸근한 어둠과 기운 탓이었을까. 뒤따라
걷던 친구가 그 모습을 핸드폰으로 찍어서 내게 보여 주었다.
친구의 눈에는 무엇이 보였던 걸까?

팽목항에서
떠워 올린 풍등
2014. 12

세월호와 나

가만히 앉아 있을 수가 없었다.
가까스로 타결된 세월호특별법이 엉터리다. 어떡하나.
뭐라도, 작은 것이라도 해서 힘을 보태야 한다.
우선 1인 시위를 하기로 했다.
적절한 글귀를 써서
손팻말을 만들었다.
현장에 도착해 잠깐 머뭇거리다
용기를 낸다.
손팻말을 번쩍 들고 간절히
침묵으로 외친다.
세월호특별법은 우리의 미래라고,
제대로 해야 한다고, 제발…….

우리 앞에
수녀님.
광화문, 2015 04 11

세월호 가족을 모시고 이야기를 듣는 간담회 자리에
간 적이 있다. 미리 도착해 기다리는데, 주최측 사람이
나를 보고 "유가족이세요?" 하고 묻는다.
짧은 순간 얼마나 당황했는지. "아니에요."라고
기어들어가는 목소리로 겨우 대답하긴 했는데 그때 마음이
참 이상했다. 무언가 쿵 하고 저 아래로 굴러 떨어지는 느낌.
세월호 엄마 아빠들이 처음 '유가족'으로 불렸을 때,
그 마음을 상상해 보려 했지만 잘 되지 않았다.

엄마들이 삭발을 했다.

삭발한 엄마들이
아이들의 영정사진을 들고
비를 맞으며 걷는다.

아는 엄마가 삭발한 모습을 보고
나도 따라 삭발을 할까
며칠 동안 생각하다 그만두었다.
용기도 부족했고
아무나 삭발을 하면 안 될 것 같아서.

나는 타인의 고통에 얼마나 공감하는 사람일까.
공감한다는 것은 어떤 뜻일까.

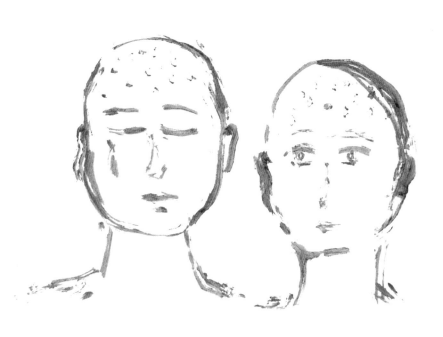

이 그림은 벗나무 열매로 그렸다.

生日 잔치
수현이 안산
이웃
2016 0116

엄마, 떨어지는 빗방울에도 음이 있어요.

엄마, 사랑해.

엄마, 한 번만 안아 줘.

수현이의 말을 나는 괜히 받아 적어 본다.
세월호 가족과 함께하는 치유공간 '이웃'에서 진행하는
오늘 생일모임의 주인공은
단원고 2학년 4반 박수현 군.
음악 밴드 ADHD 멤버.

방에 걸린 펼침막 속에서 수현이는 정면을 보고 있다.
카메라를 똑바로 보고 찍은 사진이라
어디서 바라보아도 수현이와 눈이 맞춰진다.
나와 수현이.
서로의 눈을 가만 응시하는 것 같기도 하다.
수현이의 저 눈빛을 기억해야지.
오래오래 기억해야지.

다 밝히라

종이에 과슈, 2017, 24.3 × 51.5cm

광장 이야기

2016년 12월 3일. 나는 처음 광화문의 횃불 행렬을 마주했다. 이날은 세월호 엄마 아빠들이 참사 후 처음으로 청와대 백 미터 앞까지 '진출'한 날이기도 하다. 단원고 희생자인 안중근 학생의 아버지가 페이스북에 올린 글을 기억한다. 지금 청와대 백 미터 앞까지 왔다고, 여기서 더 나아갈 수 있기를 바란다고.

행진에 등장한 횃불은 평화롭고, 아름답고, 장엄했다. 촛불을 든 백만 시민들처럼. 혼자라면 모래알 하나에 지나지 않았을 텐데, 우리는 어떻게 그 추운 겨울에 거리에서 하나가 될 수 있었을까. 시린 발을 동동 구르면서도 대열에서 이탈하지 않고, 스스럼없이 서로의 촛불에 불을 붙여 주고, 먹을 것과 핫팩을 아낌없이 나누면서. 붐비는 계단참에서는 누구 하나라도 넘어질까 서로를 잡아 주고, 바닥에 흩어진 쓰레기는 또 얼마나 솔선수범해 줍고 치우고 했던가.

누가 시켜서 할 수 있는 일이 아니었다. 옆에 있는 생판 모르는 사람이 가족만큼이나 친밀하게 느껴지던, 그 순간의 이상한 감정이라니. 당신이 있기에 내가 있다는 암묵의 연대감이 끈끈하게 서로를 이어주는 광장에서 우리는 위대한 사랑에 빠진 사람들 같았다. 그리고 무엇보다 평등했다. 이것은 혹시 우리가 잃어버렸던 공동체의 모습은 아닐까. 온전히 자신의 선택으로 거리로 광장으로 쏟아져 나온 사람들은 자기도 모르는 사이에 나를 넘어 우리가 되고 거대한 불덩이가 되었다.

삿된 것을 사르는 불.
그 불이 기어코 불의한 권력을 끌어내렸다.

PLAY PEACE CONCERT

철원은 평화다

노동당사를 처음 보았을 때 그 위용에 놀랐다.
뼈대만 남은 건물이지만 어떤 기품이 느껴졌다.
노동당사가 위치한 강원도 구 철원 일대는
6.25 전에는 북한에 속했다. 당시 소련 군정의 보호를
받던 북한이 소련식 건축 양식으로 건물을 지어
1946년 완공 후 전쟁 무렵까지 노동당사로 썼다.
이후 전쟁이 멈추고 철원 일대가 남한에 귀속되면서
건물은 남쪽에 남겨졌다. 민통선 지역에 속해 오랫동안
출입이 제한되었지만 2000년 민통선을 더 북쪽으로
옮기면서 누구나 갈 수 있는 곳이 되었다.
근대문화유산 등록문화재 제22호.
평화동요제가 열리는 곳.
안보관광 명소.

오랜만에 들른 노동당사는 그 위용이 여전했다.
괴이쩍게 평화로운 곳. 콘크리트 외벽에 수두룩하게
뚫린 포탄과 총탄 자국이 어딘지 비현실적으로 느껴지는

이 건물 앞 너른 마당에서 오케스트라가 함께하는
평화 콘서트가 열린다고 해서 저녁이 될 때까지
기다렸다. 풀벌레가 울었다.
가을밤, 전쟁과 분단의 생생한 현장에서 펼쳐지는
음악의 향연은 축복이었다. '철원은 평화다!'라고
크게 쓴 펼침막이 잘 어울렸다.
까만 밤이 환했다.
서늘한 어둠 속에서 이 평화가 행여 어디로 달아날까
쫓기는 심정으로 재빨리 드로잉. 가슴이 뛰었다.

안보관광지 제3땅굴 안내의
지뢰 표지판 2017.6

노동당사 하늘을 가르는
두루미
2017, 12 [도장]

사뿐

두 사람이
공동경비구역 안
새파란 도보다리를 걸어갈 때
어디서 장끼란 놈이 뭣도 모르고
꿩! 꿩! 울어 제쳤다.
온 세상이 더욱 숨을 죽였다.
집중했다.
두 사람 뒤를 사람은 말고
방금 운 장끼 녀석이 따라 걸어도 좋겠다.
아름다운 깃털을 뽐내며
허술한 수행원처럼.

이제 두 사람
마주 앉아 이야기를 나눈다.
비무장지대 버드나무 연둣빛 아래에서
갈대는 허연 고개를 연신 주억거리고
새들이 번갈아 노래한다.
사월 말 봄볕이 그리로 다 몰린다.

햇빛에 살짝 찌푸린 한 사람의 미간은 옳아라.
또 한 사람이 찻잔을 들어 마른 목을 축일 때
시간은 멈추었고
이야기는 언제 끝날지 몰라
먼 고향이 술렁였다.

지금 넘어가 볼까요?

두 사람이 손잡고 함께 넘는다.
65년 넘지 못한 경계를
사뿐

2018. 4. 27, 판문점

예술은 전복을 낳는다. 의도적이거나 우연한 뒤집힘, 즐거운 반전, 사뭇 다른 새로움이 대개는 평면적이고 고단한 우리 일상에 싱그러운 기운을 불어넣는다.

예술이 놀이인 동안은 일상이 힘겨워도 그 캄캄함을 뚫고 씩씩하게 나아갈 수 있다. 예술이 우리 삶에 정답을 주지는 않지만 숨통을 틔우고 다른 세계를 열어 준다.

예술은 뻔하지 않다. 그래서 좋다. 당연한 말이지만 예술이 없는 삶은 상상할 수 없다. 예술의 쓸모없는 아름다움을 사랑한다.

드로잉이라는 길동무와 오래도록 함께 걸어가고 싶다. 나는 믿을 만하지 못할 때가 많지만 드로잉은 언제나 믿을 만하니까. 눈을 깜박이며 제자리에 있으니까.

들고 있던 펜으로 무심코 선을 하나 그었다. 하나 더 그었다. 이어서 계속 그어 나갔다. 더, 더 긋는다. 단순하고 아무 생각 없는 선 놀이. 들고 있던 펜은 원래 똥이 안 나오는 펜인데 이번 것은 불량인지 자꾸 똥이 나온다. 뭐, 나쁘지 않다. 오히려 선이 시작되는 앞쪽에 뭔가 힘이 실리는 느낌이다.

종이 맨 바닥에서부터 시작된 선 놀이는 맨 위 천장까지 도달하고서야 끝이 났다. 끝났다고는 하지만 어쩐지 종이 너머에서도 계속되고 있을 것 같다. 분명 내가 시작했으나 내 손을 떠나서도 선들 저희끼리 작당해 너른 허공에서 어떤 작업을 계속 이어갈 것만 같다.

발랄함은 이런 즉흥 드로잉의 특권이다. 자유가 활개를 친다. 5분쯤 걸린 드로잉을 가만히 바라보고는 〈지금 내 마음〉이라고 제목을 달아 주었다. 형상이 토네이도까지는 아니고 회오리바람 같기는 하다. 의식하고 그린 것이 아닌데 어지럽고 고단한 내 마음이 그대로 담겼다. 어지럽고 고단한데 그림은 즐겁게 그렸다. 아이들이 바람개비처럼 활달하게 뛰노는 느낌도 난다. 역시 그림이라는 놀이에는 어떤 묘약 같은 구석이 있다. 내 마음은 파도친다.

지금
내 마음
2019, 1, 14

그림 저작권 표시

이 책에 실린 그림은 모두 저자의 창작물입니다. 그 중 몇몇은 다른 출판물에 먼저 발표된
사실이 있어 여기에 밝혀 둡니다.

84-85p 《쑥갓 꽃을 그렸어》ⓒ 유현미, 낮은산, 2016
160p 《너희는 꼭 서로 만났으면 좋갔다》ⓒ 유현미, 낮은산, 2018
162-163p 《쑥갓 꽃을 그렸어》ⓒ 유현미, 낮은산, 2016
186-187p 《촛불을 들었어》ⓒ 유현미, 보리, 2017

마음은 파도친다

그림책 작가 유현미의 지구를 닮은 얼씨 드로잉 Earthy Drawing

초판 1쇄 발행 2020년 2월 10일

지은이   유현미
펴낸이   박희선
펴낸곳   도서출판 가지
디자인   디자인 잔
출판신고 2014년 12월 24일 제25100-2013-000094호
주소   서울 서대문구 거북골로 154, 103-1001
전화   070-8959-1513
팩스   070-4332-1513
이메일   kindsbook@naver.com
블로그   www.kindsbook.blog.me
페이스북 www.facebook.com/kindsbook

ⓒ 유현미 2020

ISBN   979-11-86440-56-8 (03810)